Para Rachel Claire
M. W.

Para Genevieve
e Asher
B. F.

Título original: *Can't you sleep, Little Bear?*

Publicado con el acuerdo de Walker Books, Londres

© Texto, 1988, Martin Waddell
© Ilustraciones, 1988, Barbara Firth

© Edición en castellano, Editorial KóKINOS
1ª edición, 1994
2ª edición, 1996
3ª edición, 1997
4ª edición 1999
5ª edición 2000
6ª edición 2003
7ª edición 2006

www.editorialkokinos.com

Traducción: Esther Rubio

ISBN: 84-88342-04-7

Impreso en Italia - *Printed in Italy*

¿NO DUERMES, OSITO?

Texto de Martin Waddell

Ilustraciones de Barbara Firth

KóKINOS

Había una vez dos osos,

Oso Grande y Oso Pequeño.

Oso Grande era el más grande y Oso Pequeño era el más pequeño.

Habían jugado fuera todo el día al calor del sol.

Al caer la tarde, cuando el sol desaparecía en el horizonte, Oso Grande regresó con Oso Pequeño a su cueva de los osos.

Oso Grande acostó a Oso Pequeño en la cama, en la parte oscura de la cueva. "Ahora, a dormir, Osito", le dijo.

Y Oso Pequeño intentó dormirse.

Oso Grande se acomodó en su gran sillón de oso y se dispuso a leer su cuento de osos a la luz del fuego.

Pero Oso pequeño no se dormía.

"¿No duermes, Osito?", preguntó Oso Grande. Dejó su libro a un lado (¡este cuento de osos se estaba poniendo interesante!),

y se acercó con paso de oso a la cama de Oso Pequeño.

"Tengo miedo", dijo Oso Pequeño.

"¿Por qué tienes miedo, Osito?", preguntó Oso Grande.

"Está oscuro y no me gusta", dijo Oso Pequeño.

"¿Dónde está oscuro?", preguntó Oso Grande.

"Todo a nuestro alrededor", respondió Oso Pequeño

Oso Grande miró a su alrededor y vio que la parte oscura de la cueva estaba verdaderamente oscura.

Así que abrió el armario de las lámparas y cogió la más diminuta que había, la encendió y la puso cerca de la cama de Oso Pequeño.

"Esta lamparita te ayudará a no tener miedo, Osito", dijo Oso Grande.

"Gracias, Oso Grande", dijo Oso Pequeño acurrucándose cerca del pequeño resplandor.

"Ahora duérmete, Osito". Oso Grande volvió a su sillón de oso y allí se acomodó para leer su libro de osos a la luz del fuego.

Oso Pequeño intentaba dormirse, pero el sueño no llegaba.

"¿No duermes, Osito?", bostezó Oso Grande, dejando a un lado su cuento de osos (¡a sólo cuatro páginas del final!) y con paso de oso se acercó a la cama de Oso Pequeño.

"Tengo miedo", dijo Oso Pequeño.

"¿Por qué tienes miedo?", preguntó Oso Grande.

" Está oscuro y no me gusta", dijo Oso Pequeño.

"¿Dónde está oscuro, Osito?", preguntó Oso Grande.

"Todo a nuestro alrededor", dijo Oso Pequeño.

"¡Si te he traído una lámpara!", dijo Oso Grande.

"Pero es muy pequeña", dijo Oso Pequeño "y aún está oscuro".

Oso Grande miró y vio que Oso Pequeño tenía bastante razón, aún había mucha oscuridad. Así que Oso Grande fue al armario de las lámparas y cogió una más grande.

La encendió y la dejó junto a la pequeña.

"Ahora a dormir, Osito", dijo Oso Grande
y volvió a su sillón de oso a leer su libro de osos
a la luz del fuego.

Oso Pequeño intentó e intentó dormir,
pero no podía.

"¿Aún no duermes, Osito?",
gruñó Oso Grande, dejando
una vez más su libro
(¡sólo tres páginas para
saber el final!) y volviendo
a la cama de Oso Pequeño
con paso de oso.

   "Tengo miedo", dijo Oso Pequeño.

"¿Por qué tienes miedo, Osito?"

   "Está oscuro y no me gusta", dijo Oso Pequeño.

"¿Dónde está oscuro?", preguntó Oso Grande.

   "Todo a nuestro alrededor", dijo Oso Pequeño.

"¡Te he traído dos lámparas!", dijo Oso Grande,

 "¡una pequeña y otra más grande!"

   "¡No tan grande!", dijo Oso Pequeño,

     "¡todavía está muy oscuro!"

Oso Grande pensó en ello, volvió al armario

de las lámparas y cogió la más Grande de Todas.

La encendió y la colgó del techo

encima de la cama de Oso Pequeño.

"Te he traído la Lámpara más Grande de Todas",

le dijo, "te ayudará a no tener miedo".

"Gracias, Oso Grande", dijo Oso Pequeño

acurrucándose en el resplandor y mirando

el baile de las sombras.

"Ahora a dormir, Osito", dijo Oso Grande

mientras volvía con paso de oso a su sillón

de oso para leer su cuento de osos

a la luz del fuego.

Oso Pequeño intentó e intentó
dormirse,
pero no podía.

"¿No duermes, Osito?", suspiró Oso Grande,

apartando su libro

(¡a sólo dos páginas del final!)

y caminando a paso de oso

hacia la cama.

"Tengo miedo", dijo Oso Pequeño.

"¿Por qué tienes miedo?", preguntó Oso Grande.

"Está oscuro", dijo Oso Pequeño.

"¿Oscuro? ¿Dónde?", preguntó Oso Grande.

"Alrededor nuestro", dijo Oso Pequeño.

"¡Pero si te he traído la Lámpara más
Grande de Todas!", dijo Oso Grande,

"¡y ya no está oscuro!"

"¡Sí está oscuro!", dijo Oso Pequeño,

"¡ahí está muy oscuro!",

y señaló la entrada de la cueva.

Oso Pequeño tenía razón.

Oso Grande no sabía que hacer. Todas las lámparas del mundo

no podrían iluminar la oscuridad de afuera.

Oso Grande reflexionó un rato y después dijo:

"¡Vamos, Osito!"

"¿Dónde vamos?" preguntó Oso Pequeño.

"¡Afuera!", dijo Oso Grande.

"¡Afuera! ¿A la oscuridad?",
dijo Oso Pequeño.

"¡Sí!", dijo Oso Grande.

"¡Pero si tengo miedo de la oscuridad!",
dijo Oso Pequeño.

"¡No hay que tener miedo!", dijo Oso Grande. Cogió a Oso
Pequeño de la pata

y lo llevó fuera de la cueva, a ver la noche

y estaba...

¡OSCURO!

"!Ooooh!, ¡tengo miedo!", dijo Oso Pequeño

abrazándose

a Oso Grande.

Oso Grande lo cogió en brazos acunándole

tiernamente y dijo: "Mira la oscuridad, Osito".

Y Oso Pequeño miró.

"Te he traído la luna, Osito", dijo Oso Grande.

"La luna plateada y todas las estrellas del cielo".

Pero Oso Pequeño no dijo nada porque
se había dormido, caliente y seguro
en brazos de Oso Grande.

Entonces Oso Grande llevó a Oso Pequeño
a la cueva de los osos. Él también tenía sueño.

Se instaló cómodamente cerca del fuego,
en su sillón de oso,
Oso Pequeño en un brazo, el libro en el otro.

Y Oso Grande leyó su cuento hasta el...